KB166987

우리 엄마
착한 마음
갖게 해주세요

이상직 글  이소연 그림

# 우리 엄마
# 착한 마음
# 갖게 해주세요

엄마의 잔소리에 어린 아들이
간절히 기도하는 소리

중얼~

중얼~

홍익출판 미디어그룹

# 누가 누굴 키워?

'꼰대'의 역사를 보자. 기원전 1700년경 수메르 점토판에 쓰여 있는 글이다. 부모에게서 들을 수 있는 모든 악담의 백화점이다.

"어디에 갔다 왔느냐? 학교에 가지 않고 빈둥거리는 이유가 뭐냐? 제발 철 좀 들어라. 왜 그렇게 버릇이 없느냐? 선생님을 존경하고 인사를 자주 드려라. 수업이 끝났는데도 집에 오지 않고 어딜 돌아다니느냐? 왜 공부하지 않느냐? 자식이 아버지 직업을 물려받는 것은 신이 내린 운명이다. 열심히 글을 공부해 나처럼 공무원이 되어라. 너의 형을 본받고 동생을 본받아라."

자식이란 무엇일까. 나 자신이면서 내가 아닌 그 무언가다. 닮은 듯 닮지 않았다. 나와 남을 동시에 갖춘 존재다. 미국에서 만났던 외국인 할아버지의 말이 생각난다. 'Little children little problem, big children big problem.' 아이가 어릴 때는 작은 문제가 있고 아이가 크면 거기에 걸맞은 큰 문제가 있다. 크게 틀린 말은 아니다. 아빠인 나는 문제가 없을까.

아이를 키운다고 하지만 어떤 때는 즐거웠고 어떤 때는 힘들고 귀찮았다. 아이가 말을 하기 시작할 때는 천재가 아닌가 기뻐했다. 하버드대학을 검색하고 학비를 걱정했다. 아이가 잘 때는 깨우고 싶었고 깨면 잤으면 하고 바랐다. 한창 귀여울 땐 천천히 자라기를 바랐고 힘들 땐 빨리 자라기를 바랐다. 무서운 아빠보다 만만한 아빠가 되고 싶었다. 형 같은, 오빠 같은 아빠가 되고 싶었다. 아이들이 엄마만 찾고 아빠를 찾지 않을 땐 섭섭했다.

아이들을 내가 키운다고 생각했으나 그건 착각이었다. 아이들이 나를 키운 건지도 모른다. 아이들의 생각과 행동에서 많이 배웠다. 세상에 갇히지 않았으니 생각이 기발하고 행동이 유쾌하다.

아이들이 잘되기를 바랐다. 잘되기를 바랄수록 이런 저런 훈수를 두게 된다. 아내는 아이들이 우리에게 와준 것만으로 그 역할을 다했으니 더 이상 바라지 말라고 한다. 아빠는 꿈을 하나 둘 지워가고 있지만 아이들은 하나 둘 꿈을 그려가길 바란다.

이 책에 나오는 에피소드는 어쩌면 독자의 기대와 크게 어긋나서 아이를 훌륭하게 키우거나 좋은 학교에 보내는 방법에 관한 것이 아니다. 아이들이 세상의 틀에 덜 갇힌 상태에서 엄마와 아빠라는 호칭을 달고 있는 어른 둘과 좌충우돌하며 만들어 간 세월의 흔적이다. 작게는 기발하고 재미있어 숨겨두고 나만 읽는 것이 조금은 아깝다고 생각했고, 크게는 이 책이 대한민국의 미래와 직결되는 출산율 증대에 작은 기여가 되길 기대한다.

대략 10년 전부터 20년 전 사이에 있었던 이야기를 짧게 짧게 기록해 두었다가 꺼냈다. 거기에 세월의 먼지를 툴툴 털어 기억나는 에피소드를 몇 개를 추가했더니 꽤 분량이 되었다. 에피소드를 엮어 시트콤 드라마로 만들어도 손색이 없을 것 같다. 신랄한 아내의 지적도 있었다. 자기에게 불리한 에피소드가 너무 많다. 나만 좋은 아빠인 것처럼 포장되었다. 등등 경청할 만한 내용이 많았다.

에피소드에 그림을 붙이면 좋겠다는 출판사의 아이디어에 시각디자인을 공부하는 딸의 그림을 넣기로 했다. 완성도가 높아졌다며 출판사가 좋아했다.

디지털 시대에 쏟아지는 많은 책을 뒤로 하고 이 책을 과감하게 집어 들고 계산대로 향하실 독자들께 고마움을 표시하고 싶다.

글을 쓴 아빠 이상직

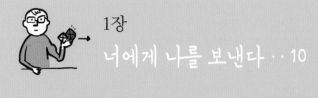
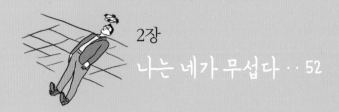

# 1장

**너에게 나를 보낸다**

# 1
—

헌이는 우리나라 나이로 7살 때의 일이다.

구청이 운영하는 청소년수련관에서 동화구연과 '오르다'라는 놀이게임을 배운다. 헌이 엄마한테 들은 얘기다. 어느날 헌이를 데리러 갔는데, 헌이와 같이 '오르다'를 했던 친구 녀석이 헌이 엄마한테 와서 "애는 왜 이렇게 못해요"라며 심하게 핀잔을 주었다고 한다. 헌이 엄마는 속으로 화가 불같이 났지만 그 애 엄마가 멀지 않은 곳에 있어서 참고 있었고, 헌이는 쭈뼛쭈뼛하며 눈물이 글썽글썽했다고 한다.

돌아오는 길에 헌이가 "아빠랑 할머니한테는 말하지 마. 알면 속상해 하니까"라고 했단다. 게임도 못하는 어린 놈이 마음 씀씀이가 곱다. 그날 서점에서 몇 가지 게임놀이판을 사서 저녁 내내 같이 붙잡고 있었다. 이 녀석 진짜 못한다. 그런데 나도 못하기는 마찬가지이다. 헌이가 한마디 한다.

"아빠는 나보다도 못하는 것 같은데…"

지금은 그 놀이판들을 어디에 두었는지 기억나지 않는다. 다만, 그놈이 그날 했다는 말은 기억에서 지워지지 않는다.

## 2

며칠 전 가족이 수영장에 갔다. 헌이는 게임은 못하지만 수영은 잘한다. 매주 2, 3번씩 교습을 시킨 결과인 것 같다. 나는 수영을 못하는데 헌이가 약을 올린다. "아빠는 왜 수영 못해, 눈이 나빠서 그래? 물이 무서워서 그래?" 잘하는 것은 수영밖에 없는 녀석이.

연이는 아직 수영을 배우지 못해서 수영 못하는 부녀 한 팀, 수영 잘하는 모자 한 팀으로 따로 놀았다. 연이가 어려서 자꾸 물을 먹을까 걱정되어, "연아, 물 먹지 마. 입에 들어오면 퉤 해"라고 했다. 연이가 말하기를 "아냐, 나 많이 안 먹었어, 조금 먹었어, 그래도 수영장에 물 많이 있잖아"라고 한다.

웃었다. 자기가 수영장 물을 조금 먹더라도 자기를 포함해서 사람들이 수영하는 데는 지장이 없을 정도로 물이 많다는 얘기다. 그 마음이 오래갔으면 좋겠다. 온갖 눈치 보며 몸을 사리는 아빠 닮지 말고.

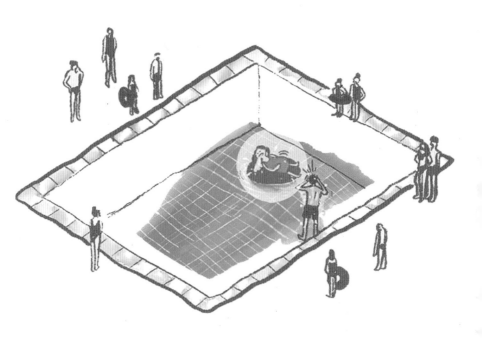

# 3

연이에게 우스운 질문을 했다. 여느 부모가 그러하듯이 엄마가 좋으냐 아빠가 좋으냐였다. "엄마" 하더니 조금 지나서 "하고 아빠"란다. 엄마 아빠 중에 한 사람만 고르라고 했다. 그래도 연이는 다 좋단다. "그래도 한 사람만 고르면?" 하고 물었더니 짜증을 내면서 "다 좋아한다니까. 엄마 아빠. 두 마리 다 좋아." 졸지에 짐승됐다.

최근에는 역습을 하기도 한다. "아빠는 오빠가 더 좋아 내가 더 좋아?" 둘 다 좋다고 하면 "한 개"만 고르란다. 아직 사람 수를 헤아리는 단위와 물건 수를 헤아리는 단위를 구별 못한다. 빨리 도량형에 대해서 가르쳐 주어야겠다.

설마 우리가 이렇게 보이는건 아니겠지..?

# 4

요즘 아내가 부쩍 힘들어 한다. 힘이 팔팔한 두 녀석을 키우는 것이 장난이 아니다. 한번은 지쳐서 소파에 쓰러져 누워있는데, 헌이가 깜짝 놀라 묻더란다. "엄마 왜 그래? 어디 아파?" 아내가 아픈 척을 하면서 "엄마가 헌이 책 읽는 소리를 들으면 나을 것 같애" 하니까, 그 녀석이 책을 가져와 엉엉 울면서 읽더란다. 옆에 있던 연이까지 따라 울더란다. 내가 집에 가니, 헌이가 말한다. "엄마가 아파 쓰러졌는데 내가 책 읽어주니까 나았어."

한번은 애들 엄마가 침대에서 쉬고 있는데, 헌이가 불러도 모른 척 가만히 있었단다. 그랬더니 헌이가 걱정이 되었는지 어느새 울상이 되어 엄마, 엄마 부르더란다. 애들 엄마가 "엄마 괜~찮아 안 아파" 하니까, 헌이가 하는 말. "그럼 언제 통닭치킨 먹으러 가?" 엄마를 걱정한 건지 통닭을 못 먹을까 걱정한 건지 모르겠다. 그날 저녁 집에 가니 통닭 냄새가 집 안에 가득했다.

# 5

—

자꾸 아프다는 엄마 때문인지 헌이가 나를 살짝 부르더니 당부한다.

"아빠는 엄마가 쓰러져도 같이 쓰러지면 안 돼. 아빠는 아들과 딸이 있으니까 그걸 생각해야지. 알았지?" 한다.

엄마가 쓰러지면 왜 싫은지 내가 물었다. "엄마가 없으면 밥 굶지. 그리고 새엄마가 오면 다른 사람하고 살아야 되잖아." 그래서 아빠는 엄마가 쓰러져도 굳건히 견뎌야 한다! 하. 이 녀석들이 효자야 아니야. 헷갈린다.

# 6

헌이와 축구경기를 보러 가기 위해 전철을 탔다. 2호선을 타
고 가다가 6호선으로 갈아탔는데, 노약자, 장애인석이 비워져
있어 헌이를 앉히고 책을 읽게 했다. 내가 슬그머니 옆에 앉으
니, "아빠, 여기에는 노약자, 장애인 자리라고 그려져 있는데…"
하며 웃는다. 무서운 녀석.

잠시 머뭇거리다가 일어섰다. 몇 분 서 있다가 다시 앉았다.
헌이가 쳐다본다. "아빠, 흰머리 많잖아. 그래서 앉아도 괜찮아."
그러더니 어려운 질문도 한다. "아빠. 노약자와 장애인은 누가
먼저 앉을 수 있어?" 그냥 못 들은 체했다.

1장  너에게 나를 보낸다

# 7

---

집에 키우는 강아지를 보고 내가 불쌍하다고 한마디 했다. 옆에서 연이가 조용히 말한다.

"강아지 눈에는 아빠가 더 불쌍할지도 몰라." 정말 그럴지도 모른다는 생각이 든다.

# 8

연이가 산타 할아버지는 언제 돌아가시는지 묻는다. 처음에는 산타 할아버지가 돌아가시면 선물을 못 받기 때문인 줄 알았다. 그게 아니었다. 산타가 돌아가시면 루돌프 사슴을 자기가 가지겠단다.

# 9

헌이는 책을 많이 읽는다. 사실 그렇게 많이 유도했다. 어느 날 '가능'하다는 말이 무슨 뜻인지 묻는다. 가능은 무엇인가를 할 수 있는 것이고 그것을 할 수 없는 것이 '불가능'이라고 설명하면서, 아빠가 하늘을 날 수 있는 것은 가능한지 불가능한지 물어보았다. 답이 돌아왔다.

"안 가능해."

흠, 그런 게 있었군.

# 10

올림픽공원에 산책을 갔다. 주말이라 그런지 많은 사람들이 강아지를 데리고 산책시키고 있다. 연이는 강아지가 갖고 싶다고 했지만 아토피 때문에 안 된다고 했다. 그러자 헌이가 달팽이를 사달란다. 옛날에 달팽이를 사주었다가 키우기 번거로워서 옥상에 풀어준 적이 있다. 살아있는 것을 키우는 것은 헌이와 연이 너희 둘로 족하다고 안 된다고 했다.

그래도 사달라고 조르길래, 헌이가 수학을 100점 받으면 사준다고 했다. 그랬더니 한 마리 사면 외로우니까 두 마리 사달란다. 그러면 200점을 받아야 한다고 했다. 알았다고 하더니 "근데 아빠. 수직선 문제만 100점 받아도 돼?" 하고 묻는다. 수학 전부라고 대답했다. 10분쯤 뒤에 와서 조용히 말한다.

"아빠. 나 달팽이 안 키우기로 했어." 이유를 물었더니, "그냥"이라고 했다. "헌아 솔직히 말해봐. 너 수학 100점 받을 자신 없지." 시무룩해서 고개를 끄덕인다. 나는 고집스러운 것보다 이런 헌이의 성격이 좋다. 그래도 달팽이는 안 사준다.

# 11

크리스마스 이브, 유치원에서 애들 재롱잔치가 있는 날이다. 이상하게 가슴이 설렌다. 1시간 정도 일찍 퇴근해서 재롱잔치가 열리는 곳으로 갔다. 도착하니, 이미 연이가 나와 래빗댄스토끼춤를 하고 있었다. 역량을 인정받았는지 가운데쯤에서 열연을 펼치고 있다. 연이가 원래 뒤쪽에 있었는데 잘하니까 선생님이 자리를 바꿔주었다고 한다. 헌이도 지난번 재롱잔치에서보다 더 잘하는 눈치다. 2시간 정도 계속되었는데, 반별로 5분 정도씩 돌아가며 춤과 노래를 했다. 연이가 2번, 헌이가 3번 정도 나왔다.

계속 두리번거리는 것이 엄마를 찾는 눈치다. 눈이 마주치자 밝게 웃는다. 자랑스런 녀석들, 맑고 튼튼하게 자라거라.

# 12

헌이가 요즘 부쩍 딱지에 관심이 많다. 5, 6장에 300원정도 하는 것을 몇 번이나 샀을 정도다. 아마, 초등학교에 다니는 이종사촌형이 딱지를 가지고 노는 것을 보고 갖고 싶었나 보다. 어느 날 이종사촌형과 딱지치기를 해서 모두 잃고 엉엉 울고 왔다. 그래서 내가 연습까지 하며 단단히 벼른 끝에 주말에 처형 댁에 가서 팔이 저리도록 복수전을 펼쳐 많이 따서 헌이에게 주었다.

그런데, 이게 뭔가. 헌이는 내가 힘들게 딴 딱지를 모두 이종사촌형에게 돌려주는 게 아닌가. 내가 딴 딱지는 원래 자기 것이 아니어서 가질 수 없다고 한다. 자기가 직접 샀거나 정당하게 얻은 것이 아니면 자기 것이 될 수 없다고 생각하는 모양이다.

어떻게 보면 굉장히 도덕적인 것 같지만 뭔가 엉성해 보인다. 정말 헌이가 자랄수록 어린 시절 나를 닮은 것 같다. 걱정이 되면서도 안심이 된다.

# 13

개학을 앞둔 딸과 아빠의 대화이다.

연이 : 아빠. 여기 여기 사인 좀 해줘. 내일 학교 가져가야 돼.

아빠 : 이게 뭐야. 부모님 안마 1회, 심부름 1회, 고집꺾기 1회
쿠폰이네. 이 귀중한 것을 왜 이제 보여주냐? 사용한 적이
없으니 사인 못 해. 엄마한테 받아 가.

연이 : 엄마가 사인 안 해준단 말이야. 이런 걸로 딸을 괴롭히
면 가정폭력인 것 알지?

아빠 : <sup>마지 못해 사인해 주며</sup> 주말에 안마해 줘.

연이 : 안 돼. 학원가야 돼. 미안.

# 14

아빠와 강아지를 더 사려는 딸의 대화이다.

연이 : 아빠. 강아지 한 마리만 더 키우면 안 돼?

아빠 : 안 돼. 돈 들고 힘들어. 그 대신 네가 아빠를 키워 봐라.

연이 : 안 돼. 아빠는 엄마가 키우고 있잖아.

아빠 : 엄마한테는 내가 말할 테니 앞으로 네가 아빠를 키우
면 되잖아.

연이 : <sub>곰곰이 생각하더니</sub> 안 돼. 아빠는 너무 많이 먹어서 돈 더
들어. 술 마시면 냄새나고. 공 던져도 안 물어 올 거잖아.

아빠 : 그래, 나만 힘든 줄 알았더니 그동안 강아지도 만만치
않았구나.

# 15

엄마에게서 꾸중을 들은 딸과 아빠의 대화이다.

연이 : 불만 가득한 얼굴로 아빠는 왜 많고 많은 여자 중에 엄마와
결혼했어?

아빠 : 우리 연이 낳으려고.

연이 : 얼굴이 확 펴지며 정말?

아빠 : 그럼.

연이 : 다시 의심 가득한 얼굴로 근데, 아빠는 결혼 전에 내가 나올
줄 어떻게 알았어?

아빠 : 뜨끔 아빠, 회사 가야 하거든. 나중에 말해 줄게.

# 16

감기에 걸린 아빠와 딸의 대화이다.

연이 : 아빠. 감기 걸렸을 땐 물을 많이 마셔.

아빠 : 우리 딸 대단해. 그런 것까지 알고<sup>흐뭇</sup>.

연이 : 물을 많이 먹어야 감기가 물에 빠져 죽지.

아빠 : 허걱.

# 17

헌이는 이제 초등학교에 간다. 그런데 지금 다니는 유치원은 집에서 조금 떨어진 곳이어서 친구들과 헤어져야 한다. 헌이가 친구에게 쓴 편지다.

범수야. B초등학교에 가거든 공부 잘해. 나는 네가 너무 좋아. 너도 그렇지. 나는 J초등학교에 가는데, 알림장 2개 받았고 자도 받았어. 그래서 다녀야 돼. 근데 너도 학교에서 친구 사귀고 싶으면 많이 사귀어. 나도 사귈게. 공부 열심히 해.

1장 너에게 나를 보낸다

# 18

헌이가 선생님께 보낸 편지다.

사랑하는 선생님께, 안녕하세요. 전 ☆ 왜 ♥ 학교가 좋으냐면 친구들이랑 친하게 지내고 싶어서 그래요. 그리고 그동안 공부를 가르쳐 주시고 웃으니까 예뻐요. 급식먹을 때 물을 쏟아도 안 혼내서 좋아요. 2학년이 되도 선생님이랑 공부를 하고 싶어요 사랑해요 ♡

2006년 7월 13일 헌이 올림.

# 19

연이는 여자애다. 그런데 레고블록을 주물럭 주물럭대더니 권총을 만들었다. 땅땅하며 총을 쏘고 놀고 있는 것을 오빠가 보더니 "야아, 자알 만들었는데!" 한다. 그러더니 헌이가 '합체'도 할 수 있다며 연이 것을 달래서 자기가 만든 총과 합쳐 길다랗고 큰 기관총을 만들었다. 이를 본 연이는 오빠를 흉내 내어 "여어, 자알 만들었는데!" 했다.

서로 칭찬하며 노는 모습에 기분이 좋다. 서로 공부하면서 그런 얘기를 했다면 더욱 좋았을 텐데.

1장 너에게 나를 보낸다

## 20

헌이 엄마가 헌이에게 남자는 여자를 보호해야 한다고 얘기했다. 헌이가 대답한다. "나보다 더 힘센 여자친구도 보호해야 돼?" 공감이 가는 얘기다.

그런데 혹시 이놈이 유치원에서 덩치큰 여자애들한테 맞고 다니는 것은 아닐까.

45

# 21

애들 엄마가 헌이를 재울 때, 헌이가 무서운 얘기를 해달라고 졸라서 귀신 얘기를 했다고 한다.

"헌이가 화장실에 앉아 끙아를 다하고 닦으려고 하는데, 휴지가 없어. 그래서 어떡하나 하고 있는데, 갑자기 변기 밑에서 소리가 들려. 빨간 손으로 닦아 줄까~ 하얀 손으로 닦아 줄까~ 노란 손으로 닦아 줄까~"라는 얘기를 들려줬더니 너무 무서워하더란다. 땀을 뻘뻘 흘리면서도 이불을 머리끝까지 덮고 잔다.

옛날 재래식 화장실을 쓸 때나 통하던 귀신 얘기가 요즘에도 통한다니 신기하다. 세상이 바뀌어도 어린 아이들의 심성은 똑같은 모양이다.

1장  너에게 나를 보낸다

# 22

연이에게 잠이 잘 들라고 청개구리 이야기를 해주었다.

"청개구리는 엄마 말을 너무 안 들었단다. 책 읽으라면 놀기만 하고. 방을 청소하라면 엉망으로 만들고. 산에 가라면 강에 가고 그랬단다"라며 이야기 서두를 꺼내는데, 연이가 한마디 한다.

"어. 이상하네. 나도 그러는데." 이상하긴 뭐가 이상해. 네 얘기다. 이놈아. 어떤 날은 "옛날에 엄마 말을 안 듣는 아이들이 살고 있었어"라고 얘기를 시작하면 두 녀석이 바로 말한다. "우리 얘기지?"

1장 너에게 나를 보낸다

# 23

헌이가 부쩍 키도 크고 머리도 무거워진 것 같다. "헌아. 이제 머리도 많이 무거워졌네" 하니까. 하는 말. "응. 그래. 내가 요즘 쓸데없는 생각을 많이 해서 그래."

# 나는 네가 무섭다

# 1

공부해라, 동생 돌봐라… 헌이가 엄마한테 꽤 시달리는 눈치다. 나한테 "아빠, 나 새엄마랑 살고 싶어"라고 한다. 웃었다. "아빤 지금 엄마가 좋지만, 니 생각이 정 그렇다면 생각해 보겠다"고 했다.

등 뒤에서 애들 엄마의 것으로 보이는 싸늘한 시선이 덮쳐왔다. 그렇다고 헌이는 엄마에게 당장 나가라고 하지는 않겠다고 한다. "새엄마가 올 때까지 지금 엄마가 밥해줘야 하니까."

약은 놈이다.

# 2

어제는 공휴일이어서 내가 애들을 재웠다. 헌이는 괴물이야기, 연이는 티라노[공룡]이야기를 해달란다. 절충해서 티라노 닮은 괴물이야기를 하기로 했다.

괴물이 우리 아파트로 7살, 5살 먹은 애들을 잡아먹으러 오는 얘기다. 우리 아파트에는 헌이가 7살이고, 연이가 5살이며, 같은 나이를 먹은 다른 애들은 없다. 자동차를 타고 온 괴물은 지하주차장에 차를 세우고 내렸는데, 바로 옆에 우리 차가 있었다. 괴물이 차를 들여다보았는데, 헌이 크레용과 연이 바비인형이 있다. 이놈들이 7살, 5살이구나 하면서 괴물은 우리 자동차를 먹어버렸다. 그리고 자동차에 적힌 아파트 호수를 보고 헌이와 연이를 잡아먹으러 올라오려고 엘리베이터를 탔다. 엘리베이터에는 거울이 있는데, 괴물이 자기랑 똑같은 괴물을 보고 고래고래 고함을 치면서 거울을 부숴버렸다. 거울이 부서지자 깨진 거울 조각마다 많은 괴물이 보였다. 괴물은 깜짝 놀라 엘리베이터에서 내렸다. 계단을 타고 올라와 우리집 앞으로 왔다.

이 대목에서 연이가 "물 먹을래" 하거나 다른 이야기를 해달란다. 왜 그러냐니까 무섭단다. 그래서 괴물이 7살짜리 아이만 잡아먹기로 마음을 바꾸었다고 하고 계속하기로 했다. 연이는 이제 괜찮다고 했다. 그래서 이야기를 계속한다.

우리집 앞에 선 괴물은 벨을 눌렀다. 엄마가 나갔다. "누구세요?" 괴물이 말한다. "엄마 말 안 듣는 7살 난 애를 잡아먹으러 왔다. 문 열어라." 엄마가 "말썽꾸러기 잡아먹으러 왔군요. 어서 들어오세요." 반기며 문을 열었다. 괴물이 들어와 헌이에게 묻는다.

이 대목부터는 헌이에게 자신의 대사를 만들어 보도록 했다.


괴물 : 니가 7살짜리냐.

헌이 : 아닌데요. 저는 8살인데요.

괴물 : 그럼 7살 난 애는 어디 있느냐.

헌이 : 한 층 아래에 살아요.

괴물은 한 층 아래에 내려가서 벨을 누르고 그 집 아줌마에게 말했다.

괴물 : 여기 7살 난 애가 살지?

아래층 아줌마 : 우리는 애가 없어요. 우리집 위층에 맨날 시
끄럽게 쿵쾅거리는 애들이 있는데, 그 애가 7살이라던데요.

괴물 : 아니. 아까 그놈이 거짓말을 했구나. 용서할 수 없다.
어서 가서 잡아먹어야지.

다시 위층으로 올라온 괴물이 헌이를 찾는다.

괴물 : 이 거짓말쟁이 어디 있냐, 잡아먹을 테다.

헌이 : 나는 애라서 맛이 없어요. 엄마가 더 맛있어요.

괴물 : 이 불효막심한 놈. 엄마 핑계를 대다니. 잡아먹자 입을 크
게 벌려 헌이 얼굴에 들이대며.

헌이 : 날 잡아먹으면 엄마가 슬퍼요. 속상해요.

엄마 : 난 안 슬픈데.

헌이 : 아빠. 나 이제 잘래.

# 3

----

출근해서 회사에 있는데 집에서 긴급전화가 왔다. 연이가 놀이방에서 사고를 쳤다는 것이다. 이놈이 구슬을 콧구멍에 집어넣었단다. 선생님들이 병원에 가야 할지 당황해하다가 집게로 가까스로 구슬을 뺐다고 한다. 언제 어떤 행동을 할지 모른다며 연이가 요주의 대상 유치원생이라고 한다. 구슬을 코에 넣은 것도 다른 친구들이 말해줘서 선생님이 알았다고 한다. 그 조그만 코에다가 구슬을 넣다니 생각만 해도 끔찍하다.

연이에게 왜 그랬냐고 전화로 물었더니, 엄마가 말을 안 들어서 그랬단다. 이런 자해공갈단을 봤나. 그래. 앞으로 말 잘 들을게 이놈아.

# 4

회사에서 집에 전화했다. 회사일 안 하고 집에 자주 전화하는 것으로 오해할 수도 있는데, 통화시간이 업무에 영향을 줄 정도는 아니다 연이가 받았다. 뭐하냐고 물었더니, "전화받고 있잖아" 한다. 전화받는 것 말고 뭐하냐고 다시 물었다. "아이씨 전화받고 있는데, 다른 거 못해. 전화받고 있다니까. 아빠는 자꾸 그래" 하며 귀엽게 짜증을 낸다.

그래 연이 말이 백번 맞다. 전화받고 있는 것 맞다. 내 나이가 40줄인데, 질문하나 정확하게 못하다니. 특히 애들한테는 정확하게 물어야 한다. 전화받기 전에 뭐 했느냐고.

# 5

집 옆에 수협 공판장이 있다. 물건의 품질도 괜찮고 편리해서 자주 이용한다. 장을 보러 갔다가, 헌이가 공판장 수족관에 붙어 있는 아주 작은 우렁이 한 마리를 얻어와 조그마한 어항에 넣어 두었다.

어느 날 헌이가 엄마가 시키지도 않았는데 어항 옆에서 바이올린을 연습하고 있다. 아내가 "우와 헌이가 웬일이야. 시키지도 않았는데 연습하네" 했더니, 우렁이가 행복하도록 들려주는 거란다. 바이올린 켤 때마다 우렁이한테 재밌냐고 묻는다.

그러나 우렁이는 환경이 바뀐 탓인지 이미 이 세상 우렁이가 아니었다. 옥상에 올라가 화단에 묻어주라고 했더니, 이때 헌이가 하는 말 "된장국에 안 넣어? 된장국에 넣어야 맛있지."

무서운 놈. 그렇지만 공사가 분명한 것 같아서 좋다.

# 6
---

여동생이 3살 난 아들과 같이 왔다. 헌이에게 돈에 관한 관념
을 심어주려고 문방구에서 파는 모조지폐를 사둔 것이 있었는
데, 고종사촌 동생이 가지고 놀았다. 그걸 본 헌이가 고종사촌
동생에게 말한다. "그거 가지고 엄마한테 젤리 애기들이 좋아하는 푸
딩 비슷한 음식임 사달라고 해." 이걸 본 연이가 고종사촌 동생을 데
리고 구석으로 가더니 속삭인다. "두우 개, 두 개 사달라고 해."

하나는 자기 것인가 보다. 그 표정이 귀엽다.

# 7

___

우리집 옆에는 교회가 하나 있다. 헌이와 연이가 다니는 유
치원 버스는 교회 건너편에 선다. 애들 엄마가 바래다주러 가는
길에 헌이에게 교회 성모 마리아님에게 "우리 가족 행복하게 해
주세요", "외할머니 하늘나라에서 행복하게 해주세요"라고 기
도하라고 했다.

누구에게 있어서나 엄마는 언제나 함께 있고 싶은 존재이지
만 반면에 빨리 자라, 공부해라, 말 들어라 등등 귀찮게 하는 존
재임에도 틀림없다.

헌이는 중얼중얼 거리더니 드디어 기도했다. "하느님. 우리
엄마 착한 마음 갖게 해주세요."

# 8

남산식물원에서 작은 화분에 든 선인장 3개가 한 세트로 7천 원에 팔고 있어서 헌이에게 하나 사주었다. 식물원에서 나와 일산에 사는 처형집에 놀러갔다. 이종사촌형이 헌이에게 장난감을 많이 주었으니 헌이도 선인장 하나를 주라고 했다. 그랬더니, "형아는 죽은 장난감을 주었는데, 내가 왜 살아있는 것을 줘야 해"라고 하며 "선인장이 죽어가면 이모부가 살리느라 고생해서 안 돼"라고 덧붙인다. 한마디로 주기 싫단 얘기다.

그래 네 것은 네가 챙겨라. 누가 대신 챙겨주지 않는다.

2장  나는 네가 무섭다

# 9
---

헌이가 쓴 그림일기의 내용이다.


오늘은 가락동 농수산물시장에 갔다. 물고기가 물 밖으로 많이 나와 있었다. 불쌍했다. 엄마가 물고기를 샀다. 저녁 반찬으로 물고기구이를 먹었다. 맛있었다.


그래, 생선구이 먹을 때 갈등이 심했겠다.
이해한다. 우리 아들.

# 10

무슨 일인지 기억나지 않지만, 헌이가 연이에게 너는 골칫덩
어리라고 말했다. 연이의 대답이 걸작이다.

"아냐. 난 공주덩어리야."

# 11

애들은 그때그때 다른 것 같다. 헌이는 자기 것에 별로 연연하지 않고, 아끼던 것도 친구들에게 덥석덥석 잘 준다. 우리에게는 다시 사달라고 조르기는 해도. 반면에 연이는 자기 것이나 우리 것에 대한 집착이 강하다.

하루는 이종사촌 동생이 놀러왔는데, 기차장난감을 가지고 정말 사이좋게 놀았다. 돌아갈 때가 되었는데, 살며시 이종사촌 동생에게 다가가더니 손에 들고 있던 기차장난감을 뺏어오면서 하는 말. "잘가."

2장 나는 네가 무섭다

# 12

---

헌이는 곤충에 푹 빠졌다. 집에는 장수풍뎅이를 애벌레 때부터 키우고 있다. 네펜데스, 파리지옥, 통발 같은 벌레나 곤충을 잡아먹는 식충식물을 좋아한다. 지금은 파리지옥을 키우고 있다. 벌레를 잡아 먹인다고 고생이 많다.

최근에는 서점에서 파브르곤충기를 샀다. 자기 보물 중 1호란다. 그 내용 중에 숫사마귀가 교미 후에 암사마귀에게 잡아먹히는 것이 있었는데, 읽고 나더니 한마디 한다.

"역시 여자는 잔인해."

# 13

저녁 약속이 있어 늦게 들어간다고 아내에게 전화했다. 그랬더니, 연이를 바꿔준다.

연이 : 아빠. 술 많이 먹지 마. 조금도 먹지 마. 술 먹으면, 아빠 버릴 거야.

아빠 : 연아. 아빠 버리면 누가 연이 장난감 사주지?

연이 : 엄마가 사줄 거야.

아빠 : 그런데, 돈이 있어야 장난감을 사는데, 돈은 아빠가 벌어오잖아.

그랬더니 연이가 곰곰이 생각하는 것 같다. 그러더니, 갑자기 연이가 엄마한테 말하는 목소리가 들려온다.

"엄마! 아빠 버리면 안 될 것 같애."

# 14

어제, 연이의 유치원 국어 숙제를 같이했다. 숙제는 대화식으로 된 글을 읽고 질문에 답하는 형식으로 되어 있다.

다희 : 아빠, 내가 준식이에게 유희왕 카드를 주었어요.

아빠 : 그래, 얼마만큼 주었는데?

다희 : 내가 가지고 있는 카드 중에서 절반을 주었어요.

아빠 : 그래, 다희는 착한 마음씨를 가지고 있구나. 그런 마음을 나누는 마음이라고 한단다.

질문 : 다희가 준식이에게 유희왕 카드를 나누어주는 마음을 무엇이라고 하지요?

정답 : 나누는 마음.

아직, 연이가 7살이지만, 선행학습이 안 되어 있어 글을 더듬더듬 읽는데, 여기까지 읽는데도 한참 고생했다. 내가 응용문제를 냈다. 우리 소연이가 예쁜 인형 장난감 절반을 친구에게 나누어주었어. 이런 소연이의 마음을 뭐라고 하지? 연이가 한참 생각하더니, 답을 했다. "정신 잃은 마음 같애." 그 말을 들은 나는 정말 정신을 잃을 뻔했다. 그러다 마음을 고쳐먹었다. 내가 돈을 얼마나 벌지는 모르겠지만, 그게 얼마가 되든 연이한테 맡기자. 결코 손해를 보지는 않을 거라는 확신이 들었다.

# 15

연이가 장난감을 사달라고 조르니까 헌이가 한마디 한다.

"엄마 아빠는 우리를 사랑하는데, 자꾸 장난감 사달라고 조르면 안 되지." 연이가 답한다. "사랑 가지고 놀 수 있냐. 장난감 가져야 놀 수 있지."

아… 물질만능 시대여.

# 16

헌이에게 무모한 종교교육을 시도했다.

아빠 : 마이 썬, 너는 신이 있다고 생각하니?

헌이 : 당연히 있지. 당당하게 내가 신이다.

아빠 : 크윽. 뭔가 가슴속에서 올라오는 것을 억누르며 그럼, 신이 어떤
  일을 하는지도 아니?

헌이 : 공부를 잘해서 아빠의 마음을 천국에 데려다주기도 하
  고, 시험을 못 봐서 아빠의 마음을 지옥에 빠트리기도 하지.

아빠 : 갑자기 어두운 표정으로 제발, 아빠 열심히 살 테니 천국에
  데려다다오.

# 17

폭풍우 치는 밤, 아내가 아이들을 재우고 나가려고 하자, 아이들이 무섭다면서 엄마와 같이 자자고 한다. 아내가 말했다. "너희들은 다 컸잖니? 이젠 혼자 자야지. 엄마는 아빠와 자야 해." 잠시 침묵이 흐른 후 아이들이 다시 울음을 터트리며 말한다.

"아빠는 너무 겁쟁이야."

# 18

연이 방과 후 영어 선생님한테서 전화가 왔다. 우리 딸이 컨닝을 했다는 것이다. 연이는 이제 초등학교 1학년이다. 컨닝페이퍼를 작성해서 발밑에 두고 베끼다가 선생님께 들킨 것이다.

선생님이 "너, 지금 뭐 하고 있는 거니?" 연이가 하는 말, "시험 잘 보려고 최선을 다하고 있었어요." "?!"

# 19

헌이와 연이는 몇 주 전부터 달팽이 두 마리를 키우고 있다. 어제 저녁나절에 올림픽공원에 가야 된다고 했다. 달팽이를 산책시켜야 한단다. 공원에 가서 장시간에 걸쳐 약 5cm를 산책시키고 달팽이집에 넣고는 "엄마. 달팽이가 산책해서 기분이 좋대" 했단다.

애들 엄마는 차라리 숲에 풀어주었으면 했단다. 솔직히 달팽이집 청소도 귀찮은 일이다. 얼마 전에는 투구게 두 마리 헐밋 크랩를 키우다가 방문교육 선생님에게 떠맡기기도 했다.

# 20

헌이가 환절기에 밖에서 놀더니 감기기운이 있다. 그런데도 수영장에서 수영연습을 했다고 한다. 아픈데 쉬지 그랬냐고 하니까, 진지하게 답한다. "아픈데도 수영을 열심히 하면 나중에 위인전에 나올 수 있을 것 같아서."

어려움을 극복하고 성공한 수영선수로 위인전에 나오려고 일부러 감기 걸린 건 아니겠지. 위인전에 나오려면 엄청 열심히 해야 할 텐데 걱정이다. 위인의 삶이 행복한지도 모르겠고.

# 21

우리 애들은 보통 저녁 8시 30분경에 잠에 든다. 애들 엄마가 만든 버릇이다. 퇴근을 늦게 하니 항상 자는 것만 본다. 어느 날 잠자리에 들자니 연이가 물을 찾는다. 아내에게 질세라 냉큼 일어나 물 한 컵을 갖다주니 벌컥벌컥 다 마신다. 빈 컵을 주며 말한다.

"자야 돼. 나가!"

또 한 번은 퇴근해서 샤워하고 방에 들어갔더니 자다 깨어 살짝 웃으며 눈을 뜬다. 이뻐서 안아주었더니 한마디 한다.

"잘 거야. 나가!"

회사에서, 애들 엄마한테서 무시당해도 그러려니 하는데, 자식한테 무시당하는 것 같아 무지 서럽다.

2장 나는 네가 무섭다

출입금지
아빠특히.

# 가끔은 나도 사랑이 필요해

# 1
---

회사에서 집에 전화하면 애들이 꼭 하는 말이 있다. 연이는 "아빠. 어깨 주물러 줘야 되는데, 아빠가 없어"이고, 헌이는 "아빠. 오늘 사장님한테 혼났어 안 났어?"이다. 도대체 애들 엄마가 애들한테 무슨 말을 하는 건지.

집에 있을 때 연이에게 아빠 어깨 안 주물러 주냐고 하면, 아빠 앉으라고 하면서 어깨를 주무른다. 애기 손이라서 시원하지도 않고 간지럽지도 않다. 다만, 내 마음을 만지작거리는 것인지 나도 모르게 편안해진다.

3장  가끔은 나도 사랑이 필요해

# 2

새벽에 애들 엄마가 아파트 제일 위층에 설치되어 있는 헬스장에 운동하러 갔다. 그 사이에 헌이와 연이가 깨어 내게 왔다. "어 엄마가 아니네, 아빠, 엄마 어딨어?" 헬스장에 갔다고 하니까, 나랑 같이 올라가잔다. 엄마가 곧 올 테니까 아빠랑 자자고 하면서 내가 끌어당겼다. 그랬더니,

연이 : 크리스마스 때 선물 줄 테니까 엄마한테 가자.

헌이 : 연이에게 너 돈 있어? 돈이 있어야 선물을 살 수 있다는 얘기다

연이 : 잠깐 생각하다가 다 크면. 어른이 되어 돈 벌어서 선물 사주겠다는 얘기다

아빠 : 그럼 안 돼. 지금 선물사 줘.

연이 : 기다려. 거실에 나가더니 종이에 크레용으로 끄적거리더니 바로 달려와 내게 던지며 선물 여어. 잠이 덜 깬 눈으로 들여다보니 하얀 도화지에 빨간색 크레용으로 그리다 만 꽃이 있다

아빠 : 야. 이게 뭐냐. 좀 자세히 그려라. 그래야 선물이지.

연이 : 알았어. 다시 그리러 나간다

그러던 사이 애들 엄마가 내려왔다. 상황종료다.

아이고 힘들어.

# 3

헌이는 아직 수학 때문에 고생이 많다. 애들 엄마가 10개씩 1묶음이고, 2묶음하고 낱개가 4개 있으면 몇 개냐고 묻는데 대답을 잘 못 한다. 애들 엄마가 호통치는 소리에 아침잠에서 깼다. 아내의 목소리가 계속 커진다.

옛날 국민학교 시절에 구구단을 못 외워서 1주일 동안 방과 후에 교실을 청소하고 구구단을 모두 외운 뒤 집에 가던 때가 생각난다. 그때보다 더 가슴이 아프다.

회사에서 저녁 9시경 집에 전화했다. 헌이가 받아서 아빠 뭐 하느냐고 묻는다. 일 끝내고 이제 정리한다고 하니까 날 보고 "아빠. 10개씩 1묶음으로 정리해" 한다. 그래 기본도 중요하지만 응용도 중요하다. 미래는 응용의 시대고 창의력의 시대다. 아빠는 널 믿는다.

3장　가끔은 나도 사랑이 필요해

# 4

유치원에서 헌이 친구인 철이가 아빠에게서 받은 선물을 가져왔단다. 그래서 선생님이 철이 아빠는 최고라고 칭찬했다고 한다.

애들 엄마가 헌이에게 "헌이는 아빠가 선물 안 줬는데, 괜찮아?"하고 물었다. 이때 헌이가 하는 말. "괜찮아. 헌이는 아빠가 많이 사랑하잖아. 그래서 괜찮아."

고맙다 헌아. 내 마음 알아줘서.

# 5

연이를 재우려고 같이 누웠는데, 괴물얘기를 해달란다. 그래서 우주에서 엄마 말 안 듣는 애들을 잡아먹으러, 우주선을 타고 지구에 온 괴물얘기를 했다. 얼굴을 무섭게 하고 으르렁거렸다. 그랬더니 연이가 무서웠는지 벌떡 일어나 소리친다.

"야. 니가 괴물이냐. 아빠지. 너 아빠잖아."

요즘 놀이방에서는 존댓말을 잘 안 가르치는 모양이다. 빨리 가르쳐야지. 아래위 없는 집안 되기 전에.

# 6

헌이 수영선생님이 애들 엄마에게 웃으며 말했다.

"헌이에게 아빠가 뭐하시는 분이냐고 물었더니 아빠는 TV보고 잠만 잔다고 하네요. 많이 피곤하신가 봐요." 지난 일요일에 피곤해서 잠을 좀 잤더니, 그게 헌이 기억에 남았나 보다.

자식. 아빠 직업도 모르나. 이제 집에 있을 때는 잠도 못 자겠다. 나도 잠 안 자고 놀아주고 싶다 이거다. 피곤한데 어쩌란 말이냐. 아 고달퍼라. 아빠의 청춘.

# 7

어느 주말 밤에 애들 방에서 같이 놀고 있었다. 헌이가 묻는다. "아빠가 먼저 태어났어, 아니면 내가 먼저 태어났어?" 정말로 몰라서 묻나. 내가 먼저 태어났으니까 너를 낳았지. 아무 생각 없이 아빠가 먼저 태어났다고 대답했더니, "그래서 아빠가 나보다 더 크구나" 한다.

아이들은 엄마만이 자기를 낳아준 사람이라고 생각하는 것 같다. 그래서 아빠란 사람은 자기에게 뭘 해주는 사람인지 의아해할 수도 있을 것 같다. 아니면 키가 몹시 큰 형 정도로 생각할지도 모르겠다. 또는 엄마한테 야단맞을 때 분위기 보고 말려주는 사람 정도 아닐까. 아 괴롭다.

# 8

오늘 가족들과 점심약속을 했다. 회사 근처의 스파게티집으로 가는데, 연이가 안아 달란다. 안았더니 꽤나 무거워 얼굴에 약간 힘이 들어갔다. 연이가 "아빠 힘들어?" 하고 묻는다. 내릴 생각은 안 하면서 말이다.

식당에 들어가 앉았는데, 헌이가 종이와 연필을 달란다. 종이에 끅적끅적 하더니 내 허리띠에 종이를 떼지 말라며 끼워 넣는다. 종이를 꺼내 보았더니 '사용금지'라고 적혀 있다. 아빠가 힘들어 보여서 아무도 아빠를 사용하지 못하게 하려고 그랬단다. 법적으로 보면 일종의 가처분 대략 소송을 하기 전에 제기하는 것으로 채무자가 재산을 빼돌리는 것을 막기 위한 사전 절차 인 셈이다.

정확하게 종이에는 '사용금지 one wto 띠띠띠'라고 되어 있고, 그 밑에 7개의 숫자가 들어있는 둥근 시계 그림이 있다. 큰 침은 1을 가리키고 작은 침은 3을 가리킨다. 아마 사용이 금지되는 시간인 모양이다. wto는 two를 잘못 쓴 것 같고. 공부나 영어는 못해도 어쨌든 법률가로서의 자질은 있어 보인다. 가처분의 기본적인 개념을 일곱 살에 파악하다니. 자랑스런 내 아들!

# 9

어린 시절 나는 놀다가 옆집 감나무 가지를 부러뜨렸다. 주인이 거칠게 항의하자 할머니는 애가 그럴 수 있는 거 아니냐며 싸우셨다. 속으로 내 잘못인데 왜 저러실까 부끄러웠다.

나중에 할머니가 음식을 싸 들고 가서 사과하셨다는 말을 들었다. 그땐 어린 손주가 기죽어할까 봐 그러셨다고 한다. 지금 내가 실수하거나 잘못했을 때 내 편을 들어 줄 사람이 있다면 좋겠다. 할머니가 그립다.

3장 가끔은 나도 사랑이 필요해

# 10

어느날 연이와의 대화이다.

아빠 : 내가 너를 처음 본 지도 10년이 흘렀구나.

연이 : 그것 밖에 안 돼? 내 생각엔 진짜 지겹다는 표정으로 진짜 오 래된 것 같은데.

아빠 : 너는 앞으로 뭐가 되고 싶니?

연이 : 수영선수, 동물학자, 과학자 뭐 그딴 거. 옛날에는 자동차, 소방차가 되고 싶다고 하더니 드디어 사람 직업으로 바뀜 근데 아빠는 뭐가 되고 싶어?

아빠 : 이 나이에 수영선수, 동물학자, 과학자가 될 수도 없고 으음… 연이가 나중에 결혼해서 낳은 딸의 할아버지?

연이 : 비겁해.

# 11

내가 헌이에게 "헌아"라고 불렀더니 연이가 옆에서 고쳐준다. "헌이라고 부르면 안 돼. 오빠라고 불러야 돼." 헌이가 다시 고쳐준다. "아빠는 헌이라고 불러도 돼. 나보다 나이가 많잖아." 맞기는 맞는데, 뭔가 이상하네. 이 자식이.

3장  가끔은 나도 사랑이 필요해

# 12

"아빠 몇 살이냐"고 연이가 묻는다. "아빠는 40살이 조금 넘
는단다." 그랬더니, 아빠 친구는 몇 살이냐고 묻는다. 대략 40살
이 넘는다고 하니까. 진지하게 다시 묻는다. "그러면 아빠는 열
살보다 많아?" 으이구! 그으래! 이놈아!

# 13

요즘 연이가 단골로 하는 말이 있다. 이 말만 하면 나는 뭐든지 해줄 수밖에 없다. "아빠랑 사랑에 빠졌으니까. 안아줘야 돼" 하면 나는 그 무거운 녀석을 목마를 태우거나 안아서 길을 걸어야 한다. 여섯 살이니 이제는 많이 무겁다. 역시 사랑은 모든 것을 감내해야 하는 것인가 보다.

어떤 때는 의심한다. 내가 이 녀석을 아내보다 더 사랑하는 것은 아닐까. 아내의 사랑은 나를 향해 있지만, 나의 사랑은 연이를 향해 있는 것은 아닐까. 내리사랑이 무섭다.

# 14

헌이와 인근 아파트 상가에 다녀왔는데, 힘이 들었나 보다. 오는 길에 힘들다고 짜증을 내면서 주저앉아 움직일 생각을 안 한다. 내가 아빠 등에 업어줄 테니 빨리 가자고 했더니, 일어나는 시늉을 하다가 다시 주저앉는다. 아빠 등에 업히면 아빠가 힘들어서 안 된다고 한다. 역시 효자다. 그런데, 언제 집에 가려나 모르겠다.

3장  가끔은 나도 사랑이 필요해

# 15

헌이는 같은 아파트에 사는 친구랑 학교에 가는데, 오늘은 그 친구가 다른 사정으로 같이 못 가게 되어 내가 데리고 갔다.

자립심을 키워줄 요량으로 전철역과 학교 가는 길이 갈라지는 사거리에서 혼자 학교에 가라고 했다.

혼자 안 간다고 한다. 마음을 독하게 먹고, 학교에 혼자 가지 못하는 이유 다섯 가지를 말하지 않으면 그냥 가버리겠다고 했다. 그랬더니, 큰소리로 "아빠 사랑하니까. 단 한가지 이유야. 빨리 가자 학교 늦겠다"고 한다. 그냥 무너졌다.

# 16

나는 하는 일의 특성상 야근이 많다. 오랜만에 저녁 8시쯤 퇴
근하려고 집에 전화했다. 헌이가 아빠 일찍 올 건지 늦게 올 건
지를 묻는다. 일찍 들어가겠다고 하니, 헌이가 한마디 붙인다.

"그럼… 사장님 몰래?"

# 17

헌이, 연이가 편식을 하고 음식을 자주 남길 때가 있었다. 내가 하도 답답해서 "아빠가 어릴 때는 먹을 것이 없어서 남김없이 먹었는데, 너희들 계속 이렇게 할 거야?" 했다.

헌이와 연이가 당황한 듯 서로 쳐다보더니 이렇게 말한다. "아빠. 지금은 우리랑 사니까 좋지? 음식도 많고…"

# 18

헌이에게 용기를 주려고 한마디 했다.

"네가 힘들 때, 어려울 때, 공부가 잘 안 될 때, 낮이나 밤이나 아빠가 네 뒤에 서 있다고 생각하렴."

가만히 듣고 있던 헌이가 대답했다.

"그럼 아빠가 귀신되는 거야?"

# 19

나는 일찍부터 머리에 새치<sup>흰머리</sup>가 있었다. 스트레스 때문이기도 하겠지만 유전적이기도 한 것 같다. 해외 연수 기간 중에 새치가 더 늘었으니 산업재해를 주장하긴 어렵다.

어느날 아침에 아내에게서 들었는데, 헌이가 "아빠 흰머리가 많이 났다"고 울먹였다고 한다.

그날 이후 흰머리를 잘라준다고 가위를 들고 설치는 통에 한동안 고생했다<sup>잘잘 때가 가장 위험했음</sup>. 힘들었으나 좋았다.

효자났다.

## 20

해외 연수 중일 때 있었던 일이다. 어느날 애들 엄마는 그곳 공동체에서 운영하는 성인 학교에 갔고 내가 애들을 보기로 했다. 마침 샤워를 하고 있었다. 그때 같은 연수 프로그램으로 와 있는 모 기업체 부장님 사모님이 우리집에 애들 엄마를 찾아왔다. 당시 6살이던 헌이가 문을 열었고, 사모님이 엄마 어디 계시냐고 물었다.

이때 헌이가 엄마가 없다면서 한 말이다. "김부장님 사모님, 어서 들어오세요. 커피나 한잔하고 가세요."

어이구. 그런 것은 잘 배운다.

# 21

저녁 약속이 있어 늦는다고 집에 전화했다. 헌이와 연이는 아빠가 술 마시면 엄마가 다른 사람과 결혼한다며 빨리 들어오라고 한다. 헌이는 가위바위보를 해서 자기가 이기면 술 마시면 안 된다고 한다. 가위바위보를 했는데, 아빠가 무엇을 냈는지 묻는다. 내가 주먹이라고 하니까, 자기는 보를 낸 것 같다고 한다. 신뢰가 바탕이 되지 않고는 있을 수 없는 게임이다. 별 것 아닌 것 같지만 가슴이 뭉클해진다.

그리고 수수께끼 다섯 개를 내어 내가 모두 맞히면 술을 마셔도 된단다. 발이 네 개 있는데, 안 보이는 발은? 모르겠다. 사발 그릇이란다. 밟으면 밟을수록 앞으로 나가는 것은? 모르겠다. 자전거란다. 촛불을 밝히면 사라지는 것은? 모르겠다. 어둠이란다. 발은 발인데 휘날리는 것은? 모르겠다. 깃발이란다. 다 틀렸다. 그런데, 술을 마셨다. 미안할 따름이다.

# 22

요즘 헌이가 수학 때문에 엄마한테 많이 시달리는 것 같다. 수학문제를 풀고 있는 것을 보면 자못 심각하다. 내가 연이랑 장난치면서 물었다. "연이는 크면 아빠랑 결혼할 거지." 연이의 대답이다. "아빠 사랑해서 결혼할 거야. 근데, 내가 크면 아빠는 할아버지 되잖아."

옆에 있던 헌이가 휙 돌아보며 소리친다. "그만해. 엄마는 한 사람이면 충분해."

# 23

연이가 엄마에게 나쁜 말을 했다가 꾸중을 들었다. "잘못했어요. 안 그럴게요"를 열 번 반복하게 했는데, 잘 들리지도 않게 중얼거리다가 몇 번 다그치자 엉엉 울어버린다. 그래도 잘못했다는 소리를 안 한다. 결국, 회초리를 들었다. 그랬더니 "잘못했어요. 안 그럴게요"를 반복한다. 그다지 크지 않은 목소리로.

나는 그 모습이 측은하면서도 재미있어 가만히 지켜 보고 있었다. 연이가 열 번을 다하자, 아내가 "방에 들어가서 아빠한테 책 읽어 달라고 해!" 했다. 그러자 연이가 울먹이면서 말한다. "나는 엄마가 책 읽어주면 좋겠어" 하며 엄마한테 안긴다. 조금 전까지 꾸중을 했던 그 엄마한테 말이다.

난 아빠로서 위로해 주고 책 읽어줄 준비가 다 되어 있었는데, 전혀 예상치 못한 상황이었다. 연이의 탁월한 정치 감각이 발휘된 순간이었다. 권력이 어디에 있는지 정확하게 파악하고 있으니.

3장 가끔은 나도 사랑이 필요해

# 24

"연아, 연이는 아빠 딸이지?" 하고 상투적인 질문을 했다. 아빠 뱃속에서 안 나오고 엄마 뱃속에서 나왔으니 엄마 딸이라고 한다. "아빠는 아무것도 한 게 없잖아." 진실을 밝힐 수도 없고 참 답답하다.

다행히 옆에 있던 헌이가 거든다. "아빠는 회사에서 돈 벌어 오잖아. 그래서 엄마가 너 낳을 때 병원비 냈잖아."

그래. 너밖에 없다.

3장  가끔은 나도 사랑이 필요해

4장

# 기억해, 아니 기억하지 마

# 1

요즘은 산수라는 말을 안 쓰고 수학이라고 한다. 헌이는 수학에 약한가 보다. 질문의 요지를 잘 이해하지 못하는 것 같다. '4 + 3 = □'라고 되어 있는 문제에 "4에 3을 합하면 얼마지?" 하면 "네모"라고 하거나 엉뚱한 수를 말한다. "7을 만들려면 4에다가 얼마를 보태야 하지?" 해도 마찬가지다.

애들 엄마가 잠시 한눈을 팔면 나한테 와서 "아빠 이거 답이 뭐야? 설명하지 말고 답만 말해. 엄마 안 들리게 귀에 대고." 요즘은 선행학습을 많이 해서 초등학교에 들어가도 자세히 가르쳐주지 않는다고 하는데 큰일이다.

헌이는 가끔 자기가 문제를 만들어 내기도 한다. 나한테는 "5 더하기 7 더하기 100 더하기는 얼마지?"라고 제법 어려운 것을 내면서 연이한테는 쉬운 것을 낸다. "연아, 3 더하기 3은 6이야. 조금 어려울지 모르지만 잘 기억해. 3 더하기 3은 내가 얼마라고 했지?" 그래 좋게 생각하자. 세상에는 남이 내는 문제를 잘 풀어먹고사는 인생도 괜찮지만, 남에게 문제를 내고 잘된 답을 택해 써먹으며 사는 것도 좋은 방법이지. 그렇지만, 가끔 속 터진다.

4장 기억해, 아니 기억하지 마

# 2

연이가 유치원에 한복을 입고 가겠다고 떼를 쓴다. 그날은 체육복을 입고 가야 하는 날이라 몇 번의 실랑이 끝에 체육복을 안에 입히고 겉에 한복을 입혔다.

학교버스를 타러 가는 길에 만나는 사람마다 "재롱잔치 가니? 이쁘다"고 한다. 이때 연이가 하는 말 "거봐라. 이쁘다잖아." 참. 누가 안 이쁘대.

# 3

헌이 외할머니가 돌아가셨다. 2, 3년 동안 암으로 투병하시느라 고생이 많으셨고, 가족들의 상심도 컸다. 그러나 헌이와 연이는 그 어느 때보다도 즐겁게 노는 듯하다. 내 느낌인가.

애들 엄마가 헌이에게 할머니가 돌아가셨다고 하니까. 헌이 하는 말이 가관이다. "엄마가 할머니를 속상하게 해서 할머니가 하늘나라에 갔어. 그러니까 엄마도 나 속상하게 하지 마."

헌아, 할머니가 돌아가셨는데 안 슬퍼? 이젠 할머니를 볼 수 없잖아. "그래도 볼 수 있어. 사진 있잖아." 장례일정 내내 영정 사진을 보았던 탓이다.

어린 아이는 어째서 죽음에 초연한 것일까. 정말 어려서 아무 것도 몰라서 일까.

4장 기억해, 아니 기억하지 마

# 4

헌이가 너무 착해졌다. 눈 앞에 안 보이면, 이부자리를 정리하고 있거나 신발을 가지런히 하고, 연이가 어지럽힌 것까지 치운다. 일주일 동안 헌이가 어떻게 지내는지 보고 엄마가 장난감 핸드폰을 사주기로 했기 때문이다. 연이에게 사준 장난감 핸드폰이 갖고 싶었나 보다. 아침을 먹다가도 "이불 정리해야지" 하며 가기도 한다.

그런데 아파트 상가에 가던 길에 딱지를 사달란다. 그래서 딱지를 사는 대신에 핸드폰은 포기하기로 합의했다. "바이올린 연습 안 해?" 하니까, "엄마가 딱지 사줬으니까 당연히 해야지" 한다. 거의 틀리지 않았다고 한다. "엄마가 딱지 사줘서 집중해서 연습했어. 잘하지?" 했다는데, 그런 얘기를 듣기만 해도 귀엽다.

연이는 고집이 세서 사달라는 것을 안 사주면 바닥에 드러눕고 큰 소리로 울고 하는데, 애들 엄마가 자기 어릴 때 모습 같아서 사주고 만단다. 그런데, 헌이는 두세 번 안 된다고 거절하면, 중얼거리면서도 포기한다.

한번은 헌이가 장난감 가게를 지나다가 자동차인지 뭔지를 사달라고 했을 때, 비싸서 못 산다고 했다. 아빠가 돈을 많이 벌어야 하는데 힘들어서 안 된다고 했다는 것이다. 그때부터, 가지고 싶은 것이 있으면 "이거 비싼 거야, 아니야?"라고 먼저 묻는다. 그건 왜 묻냐고 하면, 사려는 게 아니고 비싼지 아닌지만 알고 싶다는 것이다. 비싸다고 하면 다른 것을 집어 "이거는?" 하고 묻곤 한다.

어느날은 아침에 일어나더니 내게 와서 "아빠 힘내세요"라고 작은 목소리로 말하고 웃는다. 그냥 흘려넘겼는데, 아내가 헌이에게 아빠가 회사에서 일하는 게 힘들다고 말했다고 한다. 그랬더니 헌이가 "그러면 내가 '아빠, 힘내세요' 해주면 되지"라고 했단다. 나도 내 부모에게 그런 말을 했던 적이 있던가. 기억나지 않는다.

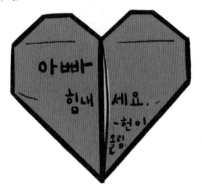

# 5

—

처갓집에 갔다. 헌이 외할머니가 돌아가신 지 한 달쯤 지났다. 차 안에서 외할머니집에 가느냐고 헌이가 묻는다. 헌아. 이제 외할머니 없고, 하늘나라 가셔서 이제 못 본다고 하니까, "비행기 타고 하늘나라 가면 되지" 한다.

글쎄 그 정도까지 기술발달이 될까.

# 6

어느날 헌이가 사탕을 먹고 있었다. 연이가 잠에서 깨어나 오빠를 보더니 하는 말이 웃긴다.

"오빠는 좋겠다. 사탕먹어서." 이 표현은 자주 응용된다. 예를 들면, 오빠는 좋겠다. 만두먹어서. 아빠는 좋겠다. 엄마랑 자서. 오빠는 좋겠다. 탕수육 먹어서 등등. 얼굴은 굉장히 불쌍한 표정을 짓는다. 귀엽다. 어린 녀석이 사탕을 달라고 바로 조르지 않고 단수 높은 표현을 쓰니.

나이가 들수록 더욱 느낀다. 마음도 중요하지만 그것을 표현하는 방법과 형식도 중요하다는 것을.

# 7

——

여동생 집에 올라와 계시던 어머니가 여동생과 함께 집에 오셨다. 그런데, 헌이 생일 3일 전이다. 헌이가 할머니를 자기 방으로 끌고 가더니 "할머니 헌이 생일 세 밤만 자면 돼요. 그런데 인사동에 가면 상어인형이 있어요" 한다. 어머니가 웃으며 돈을 아내에게 주면서 꼭 사주라고 하신다.

이번에는 고모한테 간다. "고모, 세 밤만 자면 헌이 생일이에요. 송파문방구에 매미자석 팔아요" 한다.

잘한다. 필요한 것은 스스로 챙길 줄 알아야지.

# 8

연이는 헌이와 달리 겁이 없다. 놀이방에서도 3대 터프 베이비에 들어간다고 한다. 야외 소풍이나 견학수업을 할 때에는 선생님들의 요주의 대상이 된다고 한다. 눈 깜짝할 사이에 사라진다고 한다. 걱정된다. 그래서 아내는 내가 같이 있지 않으면 아이 둘을 데리고 복잡한 곳에 가지 않는다.

아파트에서도 몇 번 애를 잃어버렸다가 찾은 적이 있다. 한번은 경비실 의자에 앉아 울고 있는 아이를 찾았고, 또 한번은 다른 층 우리집과 같은 위치에 있는 곳에서 울먹이고 있기도 했다.

한번은 고향에 내려가다가 휴게소에 들러 안내데스크에서 지도를 확인하고 있는데 연이가 울먹이면서 안내데스크의 여자 안내원에게 가고 있는 것이 아닌가. 그러더니 의자에 앉아서 "엄마가 없어" 하며 울먹인다.

내가 이름을 부르면서 안내원에게 이 애는 내 애라고 얘기해도 믿을 수 없다는 듯 구내방송을 하는 것이 아닌가. 연이가 나를 보며 아빠라고 하지 않고 마치 모르는 아저씨 보듯 했기 때문이다. 어쨌든 애들은 조심해서 키워야 할 것 같다.

# 9

헌이와 집 앞에 있는 슈퍼마켓에 갔다. 물건을 사서 나오는데 헌이가 계산대에 있는 컵라면용 나무젓가락을 집어 달란다. 무심코 꺼내 헌이에게 건네주었다. 그랬더니 큰소리로 마구 화를 내면서 슈퍼마켓 계산대에 있는 아줌마한테 말하고 가져오란다. 그냥 가져오면 훔치는 거라면서.

하. 그놈 준법정신이 투철하네. 깜짝 놀랐다.

# 10

연이는 궁금한 것이 많다. 최근의 것으로는 아빠, 엄마는 사랑하는데 왜 결혼하지 않느냐는 것이다. 일리가 있다. 당연히 연이는 아빠, 엄마 결혼식에 오지 못했고, 우리집에는 그 흔한 결혼식이나 야외촬영 사진조차 없다. 애들 엄마가 보기에 낯간지럽다는 것이 이유 아닌 이유다. 물론, 야외촬영도 하지 않았었고 결혼식 사진은 어디 처박혀 있는지도 모른다. 먼지를 털어가면서 찾아낸 결혼식 사진을 보여 주니 자기와 오빠는 어디에 있느냐고 또 묻는다.

어린 아이와 어른에게는 서로 다른 생각의 벽이 있고, 그 두터움 또한 다른 것 같다. 가끔은 연이의 생각 속에 들어가 살고 싶다. 회사에 출근 안 하고.

# 11

애들 엄마가 헌이에게 옛날이야기를 했다. 지혜로운 며느리 얘기다. 어떤 부자가 세 아들이 있었고, 모두 혼인하여 며느리도 셋이 있었다. 부자는 어느 며느리가 현명하고 지혜로운지를 시험하여 전 재산을 물려주기로 했다. 세 며느리에게 모두 콩 세 개를 주었다. 몇 년이 지난 뒤에 부자가 며느리들에게 콩을 어떻게 했냐고 물었다.

첫째 며느리는 서랍에 넣어두었다가 쥐가 콩을 갉아 먹었다. 둘째 며느리는 콩을 볶아 먹었다. 셋째 며느리는 콩을 밭에 심어 이를 수확하여 곳간을 콩으로 가득 채워놓았다고 한다. 그래서 부자는 셋째 며느리와 아들에게 전 재산을 물려주었다.

헌이에게 누가 가장 지혜롭고 현명하냐고 물었다. 셋째 며느리란다. 정답이다. 또 물었다. 그러면 헌이는 어떤 여자랑 결혼할 거야? "예쁜 며느리."

으이그 이 녀석. 좋게 생각하자. 마음이 예쁜 여자겠지.

# 12

어느 날 아침 헌이에게 말했다. "어제 아빠 꿈에 헌이가 나와서 아빠와 신나게 놀았다. 재밌었어." 그랬더니 헌이가 말했다. "그랬구나. 나는 꿈을 못 꿨어. 아빠 꿈에 나오느라고…"

# 13

헌이와 연이가 아침에 딸기를 먹다가 서로 많이 먹겠다고 싸운다. 헌이가 연이에게 남의 것까지 먹으면 도둑이라고 꽤 심한 말을 했다. 연이가 큰 소리로 화를 낸다. "같은 집에 사는데 왜 내가 도둑이야?"

같은 집에 살면 도둑이 될 수 없다. 그것이 가족인가. 그렇지만 너희들의 허물은 이 아빠가 날마다 훔쳐가련다.

# 14

어느 설날 헌이와 연이가 외할아버지로부터 세뱃돈을 받았다. 아직은 돈을 모르는 나이라 받자마자 마룻바닥에 팽개쳐 버린다. 그래서 애들 엄마가 챙겼다 헌이, 연이 각 1만 원씩이다.

그로부터 다섯 달이 지난 어느날 헌이가 갑자기 묻는다. "엄마, 할아버지가 준 세뱃돈 어딨어?" 놀랬다. 엄마라는 업무상의 지위를 이용해서 자식의 돈을 떼먹었으므로 업무상 배임이다. 친족상도례 가까운 친족간의 절도 등 범죄는 처벌하지 않는 형사법 규정 는 적용 되겠지. 부랴부랴 통장을 만들어 만 원을 넣어줬다.

무서운 놈.

# 15

애들 엄마가 헌이, 연이와 나들이 갔다가 지하철을 타고 집으로 오는데, 지하철 출구를 나오려다 보니 티켓을 잃어버린 것을 알게 되었다. 어떡하지 했더니, 헌이가 "엄마 걱정하지 마, 다시 표 사면 되잖아" 한다.

끙끙거리며 지하철 개찰구를 빠져나와 슬그머니 지하철역을 나가려고 하자, 헌이가 "엄마, 저기 가서 표 사야지" 한다. 어쩔 수 없이 매표창구로 가서 표를 잃어버렸다고 사정을 하고 있자니, 헌이가 매표창구 아저씨에게 씩씩하게 인사를 하고 나서 엄마에게 "엄마, 돈 주면 표 주잖아" 한다.

돈 주고 사면 되는데, 왜 사정을 하느냐는 것이다. 그래서 아내가 다시 표를 샀다는 슬픈 얘기다. 헌이는 너무 강직해. 커서도 그럴까.

# 16

요즘은 초등학교 저학년용으로 좋은 책들이 많이 나오고 있
다. 추천받아 구입한 책에는 진화론에 관한 것과 아기가 어떻게
생겨나는지에 관한 내용이 있다. 헌이도 신기한 듯 자주 읽어달
라고 한다. 그런데 아기가 생겨나는 것과 관련하여 책에는 정자
가 난자에 접근하는 그림이 그려져 있었는데, 이를 본 헌이가
매우 의아한 듯 물었다.

"아빠. 올챙이는 개구리도 되고, 사람도 되고. 그래?" 허긴 비
슷하긴 비슷하게 생겼다.

# 17

잠자리에서 헌이에게 책에서 읽은 애기를 해주었다.

전갈이 개구리에게 개울을 건너게 해달라고 부탁했다. 전갈은 개구리 등에 업혀 개울을 반쯤 건넜을 때 독침으로 개구리를 찔렀다. 개구리가 죽어가면서 말했다. 내가 죽으면 너도 물에 빠져 죽을 텐데 왜 찔렀는지 범행동기를 물었다. 전갈이 물에 잠기지 않으려고 허우적대며 마지막 숨을 몰아쉬며 말했다. 뭐라고 했을까?

헌이가 고민하다가 말했다. "모르겠는데…" 내가 답했다. "난 원래 그런 놈이야!"

사람도 어릴 때 만들어진 성격이 나이 들어도 잘 바뀌지 않는 것 같다. 그렇지만 원래 그런 놈이 정말 있을까.

# 18

헌이를 위해 워터파크에 갔는데, 헌이가 어두운 표정을 지으며 말했다. "이런 덴 친구와 와야 재밌는데…" 아빠는 놀이기구를 싫어해 재미없다는 뜻이다.

그날 죽는 줄 알았다. 평소 무서워 피하던 거의 모든 물놀이기구를 같이 탔다. 사회생활을 이 정도로 했으면 훈장 받았을 텐데…

# 19

헌이 선생님이 헌이가 '슬기로운 생활' 시간에 쓴 싯글에 대해 보내주셨다. 눈目에 대한 것이다. "눈아! 고마워. 네가 있어서 앞을 볼 수 있어. 넌 특별해." 헌이가 자신의 생각을 글로 잘 표현하고, 믿기지 않지만 적극적으로 발표도 잘하고 이해속도가 빠르다고 한다. 다만, 초기에는 친구들이 잘못하고 당황해 하는 것을 정확히 알아채고 곧잘 친구들에게 크게 말하는 습관이 있었다고 한다.

예를 들면, 친구가 지각을 하면 "누구는 지각이야. 지각. 벌써야 해." "누구는 옷이 웃기다" 등의 이야기를 크게 했다고 한다. 그래서 선생님은 늘 친구들에게 칭찬만 하기에도 시간이 부족한데, 싫어하는 말은 하지 말자고 종종 헌이에게 이야기하셨다고 한다. 지금은 많이 개선되었다고 하니 다행이다.

나도 우스갯소리를 하는 것을 즐기는데, 가끔은 도가 지나쳐 다른 사람들을 본의 아니게 언짢게 하는 경우가 있다. 다른 사람을 배려하는 것은 선천적으로 주어지는 재능은 아닐 것이다. 다만, 끊임없이 노력하면 누구든지 가질 수 있는 재능이 아닐까.

# 20

비가 내린 지 얼마 되지 않은 올림픽공원에 갔다. 커피 한잔 마시고 걷다 보니 마른 보도 위에 지렁이 한 마리가 몸이 거의 굳은 상태에서 꿈틀거리고 있었다. 헌이와 함께 커피숍에서 가져온 빨대로 들어 올려 물이 고인 곳에 놓아주었다. 금세 지렁이의 꿈틀거림이 나아졌다.

집에 데리고 가서 키우겠다는 것을 가까스로 떼어놓았다. 헌이는 지렁이를 살려줘서 나중에 천당에 갈 거라고 사탕발림을 하면서. 그랬더니, 자기는 어쩌면 지옥에 갈 수도 있다고 한다. 왜냐고 물으니 예전에 벌레 죽인 것이 기억나서 그렇단다. 하여튼 헌이는 곧아서 좋다. 세상 어찌 살려는지 걱정도 되지만.

# 21

    우리는 헌이가 친구 얘기를 하면 항상 남자친구 이름만 대길래 여자친구는 좋아하지 않는 줄 알았다. 헌이랑 같은 초등학교에 다니는 아내 친구의 딸과 같이 영어체험 마을에 놀러 갔었다고 한다. 애들 엄마가 헌이는 여자친구를 안 좋아하는 것 같다고 하니, 그분이 웃기지 말라며, 헌이가 영어체험 마을에서 딸을 가리키며, "아줌마, OO 좀 안아봐도 돼요?"라고 했단다. 믿기지 않는 얘기다.

## 22

헌이와 연이가 회사에 놀러왔다. 엘리베이터에서 연이가 떠들었다.

헌이 : 조용해, 사장님이 우리가 온 거 알면 아빠 혼나.

연이 : 아빠가 사장님보다 더 세. 아빠가 키 더 커. 흰머리도 많잖아.

헌이 : 조용해, 넌 아직 세상을 몰라.

헌이가 책을 많이 읽더니 어휘력이 날이 갈수록 늘어간다. 다행이다. 그런데, 헌아. 미안하다. 아빠는 아직도 사장이 못 되었구나.

# 23

헌이는 내성적이고 부끄럼이 많다. 그래서 여름방학 때 캠프를 보냈다. 교회에 다니는 친구가 있어 교회에서 하는 캠프에 보냈더니, 재미있었나 보다. 그래서 사설기관에서 운영하는 캠프에도 보내기로 했다. 이번에는 같이 가는 친구가 없었다. 전용버스에 태우고 나서 못내 걱정이 되어 버스에 올라가 봤더니, 버스 귀퉁이 자리에 굳은 얼굴로 앉아 있었다. 혼자 잘 갈 수 있겠냐고 하니까, 고개만 끄덕일 뿐 아무런 말이 없다. 1박 2일 프로그램이라 마음졸이고 있었는데, 뜻밖에도 재미있게 잘 놀았다고 한다. 다행이다.

# 24

집에 전화하니 헌이가 받는다. 한참 얘기한 후에 연이가 무엇을 하는지 물어보았다. 힌트를 준다.

"침대에 누워있는데, 눈은 감겨 있어." "자고 있구나." "응. 맞았어."

# 25

헌이가 초등학교 2학년이 되었고, 학부모 관람수업을 했다.
선생님이 영어로 수업을 진행했는데, 아이들에게 질문을 하셨
다. 모두 가만히 있는데, 우리 헌이만이 손을 번쩍 들고 당당하
게 답을 말했다는 것이다. 물론, 헌이가 말한 답은 정답에서 빗
나갔고, 선생님도 그것을 지적했다.

그러나 내성적으로만 보이고 순둥이인 헌이가 그렇게 용감하
다니. 선뜻 이해가 가지 않았다. 무지무지 칭찬해 주었다. 나도
헌이처럼 용감해져야겠다. 손을 들어야 기회가 오는 것이다.

# 사랑의 불시착

# 1

—

내가 어린 시절, 국민학교 3학년 때였나 보다. 구구단을 못 외워 1주일 동안 방과 후에 남아 청소했다. 청소가 끝나면 구구단을 마저 외운뒤 선생님의 검사를 받고 집에 갔었다. 그때 같은 동네에 사는 친구도 남아 청소와 구구단 암기를 함께 했기에 서로 위로가 되었다. 그런데 한번은 그 놈이 정규수업 중에 구구단을 싹 외우고 수업이 끝나자마자 집에 가버리는 것이 아닌가. 배신의 슬픔도 잠시, 나는 다른 몇몇과 남아서 청소하고 구구단을 외웠다.

집으로 돌아가는데, 집 근처에 와보니 어머니가 나와 계셨다. 날 보고 왜 늦었냐고 물어서 친구들과 놀다가 늦었다고 했다. 그랬더니 거짓말하지 말라며 웃으신다. 그 친구놈이 얘기해버린 것이다. 자기는 외웠는데 나는 못 외웠다고. 그 몹쓸 친구는 지금 무얼하고 있을까. 갑자기 옛날 일이 생각난다. 이 녀석 헌이 때문에.

# 2

우리는 헌이가 조금이라도 잘하는 것이 있으면 많이 칭찬해 준다. 그랬더니 헌이도 다른 친구나 형아들을 자주 칭찬하기 시작했다. 예를 들면, 이종사촌형에게도 "형아. 짱 멋있다." "형아는 뭐든지 잘하지" 등등.

나는 어린 시절에 칭찬에 관한 나쁜 기억이 있다. 국민학교 4학년 때였던 것 같다. 내 성적은 반에서 30등 정도 했던 것으로 기억된다. 그런데 겨울방학 동안에 열심히 공부해서 봄학기 때 좋은 성적을 거두었다. 우리 반에서는 물론 전교에서 1, 2등 하는 녀석이 내게 와서 나와 봄학기에 있었던 시험에서 자기와 내가 공동 1위라고 한다.

기쁜 나머지 시험지를 꼼꼼하게 확인했다. 그랬더니 선생님의 채점 실수인지 1문제가 틀린 것을 맞은 것으로 동그라미 처리된 것을 발견했다. 고민고민하다가 선생님께 말씀드렸더니 바로 정정해 주셨다. 아무런 칭찬도 없이. 내심, 가만히 있어도 될 일을 말하다니 '너는 착한 아이로구나' 정도라도 말씀하셨으면 그렇게 마음이 아프지는 않았을 것을.

중학교에서도 비슷한 일이 발생한 적이 있었다. 10점 만점인 국사가 12점으로 더 높은 점수로 처리되었다. 그때는 모른 척 했다. 요즘은 그 기억 때문인지 애들이 조금이라도 잘하는 것이 있으면 칭찬을 아끼지 않는다. 돈 드는 것도 아니고 애들도 좋아하고.

# 3

 

아이들의 눈에 "부富"의 기준은 뭘까. 돈이나 땅, 집이 많아야 부자이고, 그렇지 않으면 가난한 걸까.

처갓집에서는 쓰레기통을 부엌에 난 문 밖에 내놓고 있다. 그러니 헌이가 사탕껍질을 버리려고 해도 쓰레기통이 어디 있는지 찾기 어렵다.

"엄마. 이 집은 쓰레기통이 없어. 너무 가난해서 그래?" 한다. 그렇다. 기본적인 것이 없으면 가난한 것이고, 기본적인 것이 있으면 부자인 것이다. 너무 많이 가지고 있다고 부자인 것은 아니다. 돈이 많아도 사랑이 없는 집은 결코 부자일 수 없다.

.

# 4

내가 어릴 때 일이다. 형편이 좋지 않던 시절이다. 아버지를 따라 고깃집에 갔다. 고기를 조금 주문해서 먹고 있는데 주인이 퉁명스럽게 한소리 했다. "고기를 먹는 둥 마는 둥 하시네요." 고기를 조금 더 주문하란 이야기다. 아버지가 웃으며 말하셨다. "걱정 마시오. 고깃값도 내는 둥 마는 둥 할 테니…"

*이 책이 나오기 얼마 전 아버지께서 돌아가셨다. 옛 세대가 거의 그렇듯 아버지는 항상 어려웠고 나도 다정다감하지 못했다. 고생 많으셨고 편히 쉬시기를 바랄 뿐이다. 평생 드리지 못한 말을 여기에 쓴다. 아버지 사랑합니다.

# 5

일에 지쳐 퇴근한 어느날, 연이가 날 보고 회사 생활이 힘드냐고 물었다. 그렇다고 말했더니, 자기 학교 생활이 더 힘들 거라고 한다. 언뜻 이해가 되지 않았다. 회사 생활이 당연히 더 힘들다고 했다. 그랬더니 연이가 답한다.

"아빠는 돈이라도 받잖아. 회식도 하고. 근데 난 돈 한푼 못 받고 어려운 문제도 풀어야 돼. 용돈도 없어서 매점도 못 가고…"

# 6

___

나는 성격 탓인지 항상 힘들었던 것 같다. 어느 연말에 아내에게 말했다. "새해에는 행운의 여신이 나를 도와주면 좋겠다."

아내가 가만히 듣고 있다가 말한다. "그러면 당신은 지금까지 누구와 살고 있었다고 생각하는데?"

# 7

---

고등학교 동창 중에 천주교 신부인 후배가 있다. 가끔 힘들 땐 그 신부에게 전화해 축복의 말이라도 한마디 해달라고 한다. 그러면 그 신부가 답한다.

"요즘엔 신부도 힘들어요. 내가 이렇게 열심히 하나님 일을 하는데 왜 안 데려 가시는지 모르겠어요. 형은 뭐가 되려고 바둥바둥 하세요. 그냥 대충 사세요." 이런 대화를 나눠도 마음이 편해진다.

# 8

헌이는 내년에 초등학교에 간다. 서울에서 인기 있는 공립초
등학교에 지원했는데, 경쟁률이 대략 15대 1이다. 추운 겨울에
벌벌 떨며 원서를 접수했고, 더욱 추웠던 추첨 당일에는 헌이도
같이 가서 기다렸다. 결과는 불합격이었다. 실망스러웠지만 이
사를 하지 않아도 되는 장점도 있다.

헌이도 어리지만 뭔가 자기가 관련된 일에서 좋지 않은 결과
가 나왔다는 것을 알고 있나 보다. 연이에게 다른 친구들은 모
두 되었는데 자기만 추첨에서 떨어졌다고 말했다고 한다. 나나
우리 가족은 그런 추첨운이 없나 보다. 많이 참여한 것은 아니
지만 아파트 분양 추첨이나 복권이나 된 적이 없다. 그래서 나
는 복권 같은 것은 사지 않는다.

그런데 며칠 뒤 애들 엄마가 도너츠 가게에서 커피를 샀는데
이벤트에 2등 당첨이 되었다. 흥분된 마음으로 상품을 확인했
더니 역시 1등은 노트북이고, 2등은 조그마한 가방 같은 것으로
큰 차이가 있었다. 그렇지만, 우리도 그런 것에 당첨될 수 있다
는 것이 신기했다.

5장 사랑의 불시착

어쨌든 우리집은 거저 얻어지는 것이 없는 것 같다. 노력, 노력, 노력만이 우리 가족이 살 길인가.

# 9

———

우리집은 애들 엄마의 정책적 결단으로 저녁 8시 이후에 아무것도 먹을 수 없다. 물론 저녁은 6시에 먹는다. 가끔은 6시 전에 먹기도 한다. 아이들의 취침시간은 저녁 8시 30분경이다. 저녁을 늦게 먹는 것은 소화기관의 활동시간 등을 고려할 때 건강에 해롭다는 것이다.

회사에서 우리 팀이 송년회식을 했다. 근사한 지중해식 저녁 식사였는데, 별미이기는 해도 뭔가 허전했다. 우리 팀장은 이런 경우에 집에 가서 꼭 라면을 끓여 먹는 문제점이 있다고 한다. 나도 유사한 문제점이 있다. 그러나 나의 문제는 정반대로 저녁 늦게 라면을 끓여 먹을 수 없다는 것이다. 나와 같은 애환을 가진 사람이 또 있을까.

회식이 있는 날은 가끔 편의점에서 컵라면을 몰래 먹고 들어가기도 한다. 금방 후회를 하긴 하지만.

# 10

시골에서 올라와 얼마 되지 않던 대학 시절에 친구와 유명한 디스코클럽 '마이하우스'를 찾아나선 적이 있었다. 서울에 온 이상 우리도 한번 가봐야 한다나. 종로였는지 명동이었는지 정확하게 기억나지는 않지만 당시에는 인터넷이 없던 때라 소문만 듣고 길을 나섰다.

종로 인근에서 헤매다가 결국 길가던 행인에게 묻게 되었다. 그런데, 그 행인이 동양계 미국인이라서 영어로 하잔다. 이때, 내 친구였는지 나였는지 정확하게 기억이 나지 않는데, 서투른 영어 한마디 했다가 그 외국인에게 맞을 뻔 했다. "Where is 마이하우스?" 내 집이 어디냐고 물었으니, 그 외국인이 화가 날 만하다.

내 고향에는 '마이홈'이라는 레스토랑도 있다. 그러나, 아무리 마이하우스, 마이홈이라는 이름을 걸고 있어도 가족이 있는 집이 될 수 없다. 내가 이 세상에서 손해 보고 있다는 생각이 들지 않는 것은 그나마 그 이유다.

# 11

친구 중에 해외 연수한 친구가 있는데, 영어로 말하는 것을 좋아하고 미국 친구도 많이 사귀었다. 영어를 그렇게 잘하지는 못한다.

언젠가 미국인 친구와 강또는 바다으로 놀러갔는데, 그 미국인 친구가 물놀이를 하다가 쥐가 났는지 허우적 거리더란다. 친구는 수영을 못 했고, 주위에 같이 간 부인들과 애들 말고는 아는 사람도 없었다. 튜브나 달리 구조할 수 있는 도구가 없는 상황에서 친구가 발을 동동 구르다가 무언가 외쳤다고 한다.

용기를 잃지 말고 스스로 헤엄쳐 나오라는 의미에서. "Please help yourself"라고 했다나. 많이 드시라는 얘긴데. 참⋯

# 12

출근길 아주머니들이 나눠주는 휘트니스센터 전단지를 꼭 받는다. 그래야 아주머니들이 일자리를 지킬 수 있기 때문이다. 오늘 어느 아주머니가 전단지를 줄까 말까 망설이시길래 몇 장 달라고 했다. 그 순간 아주머니가 고개 숙여 인사하며 말을 건넨다. "감사합니다. 회장님!" 덕분에 회장이 되었다.

# 13

회사 연수로 미국에 있을 때 어느 외국인과 골프를 하게 되었다. 그가 물었다. "Do I have your name?" 이름이 뭐냐는 것인데 What's your name?에만 익숙하던 나는 당황했다. 그래서 한번 더 말해 달라고 I beg your pardon?의 준말인 "Pardon?" 하고 되물었다.

그랬더니 그 외국인이 다가와서 "Nice to meet you, Mr. 빠동!" 하는 것이 아닌가. 너무 놀라 그 자리에 얼어붙어 해명할 기회를 놓치고 말았다. 그 외국인은 아직도 나를 Mr. 빠동으로 기억하고 있을 것이다.

# 14

독일 월드컵 토고전이다. 월드컵 응원도 체험학습의 일종이라고 하여 늦은 밤에 대형화면이 설치되어 있는 올림픽공원에 갔다. 엄청난 인파다. 헌이와 연이도 자못 흥분한 눈치다. 평소 애들을 일찍 재우던 터라 연이는 일찌감치 한잠 재운 뒤에 데리고 나왔지만, 헌이는 잠을 자지 않은 상태에서 그대로 나와서 그런지 여전히 졸리는 눈치다. 그래도 기대를 가지고 지켜보고 있다.

경기가 시작한 지 10분쯤 지났는데, 헌이가 어디서 축구하느냐고 묻는다. 내가 손으로 대형화면을 가리키면서 지금 보고 있지 않느냐고 했더니, "저건 테레비고, 진짜 선수들이 어디 있느냐"고 묻는다. 자기는 축구 보러 왔지 TV 보러 온 것이 아니란다. 어쩔 거냐. 아빠가 돈이 없고 시간이 없어서 독일에 가지 못한 것을.

바로 돌아와서 애들을 재우고, 나머지 경기를 봤다. 이겼다.

# 15

   자연으로 돌아가라고 한 도가의 시조인 중국 춘추전국시대 장자에 관한 책을 읽고 잠에 들려는 어느 겨울 저녁이다. 아내가 말한다. "이불 덮고 주무시지. 감기 걸려." 내가 말한다. "하늘로 몸을 덮었거늘 어찌 또 이불을 덮는단 말인가?" 아내가 덧붙인다. "독감이 세게 들면 바로 하늘로 가는 수가 있어." 그 말에 내가 부시럭거리며 이불을 당겨 덮으며 말했다. "조금 더 두꺼운 이불이 없을까. 으스스하네. 비가 와서 그런가." 사나이 배포가 오래가지 못한다.

# 16

아내는 쓸모가 없거나 낡은 물건에 해당하면 과감하게 버리거나 정리한다. 그런 물건을 집에 두면 행운이 들지 않는다는 막연한 이유에서다. 집에선 할줄 아는 것이 없다는 말을 많이 듣는 나로서는 중년의 끝자락에 다가서면서 은근히 걱정된다.

아내와 쓰레기 분리수거를 하러 갈 땐 항상 조심한다.

# 17

---

직장인들이 상사들에게서 들었을 때 기분 좋은 말 1위는 "수고했어"라고 한다. 기분 나쁜 말 1위는 "그동안 수고했어"라고 한다. 나도 그동안 수고한 지난날들이 생각난다.

# 18

내가 만든 개뿔, 개털, 개뼈다귀의 용어 사용법이다. 개뿔은 존재하지 않으므로 전혀 발생할 가능성이 없는 경우에 쓰는 말이다. 개털은 존재하지만 수많은 털 속에 가려있고 가벼운 바람에도 이리저리 날리는 불쌍한 신세를 말한다. 개뼈다귀는 전혀 먹을 것이 없어 별 볼 일 없는 것으로 알았는데 그렇지 않은 결과를 나타낼 때 쓴다.

예를 들어 누가 연말에 과장 승진을 하냐고 물었을 때 승진연한이 안 되어 전혀 가능성이 없으면 "이런 개뿔" 하면 된다. 승진연한이 되고 법적 제한이 없는데 실력이 없어서 이리저리 눈치만 봐야 할 때는 "개털이야" 하면 된다. 외부나 다른 부서에서 온 사람이 예상밖에 과장이 되면 "어디서 굴러먹던 개뼈다귀야"라고 한다. 제대로 알고 쓰자.

# 19

미국에 있을 때 일이다. 햄버거를 파는 식당에 갔는데 연이가 포크를 떨어뜨리자 애들 엄마가 종업원에게 가서 포크를 얻어 오라고 했다. 내가 가서 포크를 외쳤는데, 종업원들이 눈만 멀뚱거리면서 쳐다보는 것이 아닌가. 그랬더니 옆에 있던 외국인이 "포올크Fork"라고 하니까, 그제서야 종업원이 알아듣고 포크를 주었다. 내가 포크Pork, 포크 하니까 신기했을 것이다. 우리나라 식당 카운터에서 돼지, 돼지 하고 외친 것이나 다름없으니까.

연이에게 한 마디 했다. 앞으로 포올크 떨어뜨리지 말라고. 아빠. 고생하니깐.

# 내가 그린 그림은
# 아빠의 어깨에 올라타
# 노는 재미와 같았다.

아빠는 글을 재미있게 쓴다. 나는 그렇지 못하다. 나는 문장을 읽기 전에 글씨체를 먼저 본다. 글씨체가 무엇을 말하는지 보고 어떤 느낌을 주는지 본다. 글쓴이의 감정을 글씨체가 오롯이 품고 있는지를 본다. 나는 세상의 모든 것을 그림 같이 본다. 글씨도 음악도 목소리도 그림이다.

어린 시절 한국에서의 교육시스템은 내게 맞지 않았다. 글씨가 글씨로 보이지 않는 내겐 당연했다. 대치동은 내가 있을 곳이 아니었다. 그래서 중학교 시절에 해외 유학을 떠났으나 외국의 교육환경도 다를 것이 없었다. 그런데 대학은 달랐다. 대학교에서는 시각디자인을 전공했다. 소상공인을 위한 프로젝트에도 참여했다. 누군가에게 도움이 되고 즐거움을 전할 수 있는 그림, 글씨, 영상을 만들고 디자인을 하는 일이 좋았다. 곧 졸업을 앞두고 있고 지금은 현지 작은 디자인 스튜디오에서 인턴을 하고 있다.

아빠의 글에선 유쾌함을 비롯한 다양한 감정을 느낀다. 아빠의 글을 읽다가 잠시 들고 있던 펜을 내려놓고 웃고 우는 때도 있었다. 그렇게 아빠는 문장을 간결하고 아름답게 잘 쓰는 듯했다. 하지만, 문장이 간결하고 아름다워도 글씨체가 아름답지 못하면 나에게 크게 와 닿지는 않았다. 그렇지만 책은 책이다. 글씨로 이뤄져 있다. 그래서 글씨를 읽지 않고 그림만 보고도 그 유쾌함과 다양한 감정을 전달할 수 있었으면 좋겠다고 생각했다. 그래서 아빠의 글에 그림을 보태기로 했다. 아빠의 제안을 뿌리치지 못하고 이 작업에 참여한 이유다.

물론 책을 만들자는 아빠의 제안을 받았을 때 고민했다. 내가 이런 것을 과연 할 수 있을까. 쉽지 않아 보였다. 아빠의 꼬드김은 효과가 없었다. 그러나 어릴 적 아빠 목과 등에 올라타 놀던 때가 생각났다. 재미있었다. 그때처럼 아빠의 글에 올라타 이리저리 노는 것도 재미있겠다 싶었다. 총 100장이 넘는 그림을 그렸다. 아빠가 만든 에피소드를 재미있게 그리려고 했지만 쉽지 않았다. 마음에 들지 않는 그림도 많았다. 아빠는 잘했다고 칭찬해 주었다. 아빠는 언제나 모든 것에 기대치가 높지 않기에 진정 칭찬으로 들리진 않았다.

아빠는 웃기고 아재개그에 진심이다. 그러나 나는 절대 웃지 않는다. 죽어라 하고 참는다. 그렇지만 아빠의 아재개그를 오래 들었으면 좋겠다. 아빠와 떨어져 있어도 이 프로젝트를 통해 아빠와 함께해서 좋다. 이 책에 우리 가족의 옛날이 들어 있어서 더욱 좋다.

그림 그린 딸 이소연

감사합니다~

# 우리 엄마
# 착한마음
# 갖게 해주세요

| **초판 1쇄 인쇄일** | 2023년 2월 17일 |
| **초판 1쇄 발행일** | 2023년 2월 27일 |

| **지은이** | 이상직 |
| **그린이** | 이소연 |
| **발행인** | 이지연 |
| **주간** | 이미숙 |
| **책임편집** | 김진아 |
| **책임디자인** | 김은주 |
| **책임마케팅** | 안병휘 |
| **경영지원** | 이지연 |

| **발행처** | ㈜홍익출판미디어그룹 |
| **출판등록번호** | 제 2020-000332 호 |
| **출판등록** | 2020년 12월 07일 |
| **주소** | 경기도 고양시 백석동 1324 동문굿모닝타워 2차 927호 |
| **대표전화** | 02-323-0421 |
| **팩스** | 02-337-0569 |
| **메일** | editor@hongikbooks.com |

파본은 본사나 구입하신 서점에서 교환하여 드립니다.
이 책의 내용은 저작권법의 보호를 받는 저작물이므로 무단 전재와 무단 복제를 금합니다.

| **ISBN** | 979-11-92916-08-8(03810) |